Bei uns zu lande auf dem Lande

Annette von Droste-Hülshoff

Nach der Handschrift eines Edelmannes aus der Lausitz

Einleitung des Herausgebers

Ich bin ein Westfale, und zwar ein Stockwestfale, nämlich ein Münsterländer, Gott sei Dank! füge ich hinzu und denke gut genug von jedem Fremden, wer er auch sei, um ihm zuzutrauen, daß er gleich mir den Boden, wo »seine Lebenden wandeln und seine Toten ruhen«, mit keinem andern auf Erden vertauschen würde, obwohl seit etwa zwei Jahrzehnten, d.h. seit der Dampf sein Bestes tut, das Landeskind in einen Weltbürger umzublasen, die Furcht, beschränkt und eingerostet zu erscheinen, es fast zur Sitte gemacht hat, die Schwächen der Alma mater, welche man sonst Vaterland nannte und bald nur als den zufälligen Ort der Geburt bezeichnen wird, mit möglichst schonungsloser Hand aufzudecken und so einen glänzenden Beweis seiner Vielseitigkeit zu geben. Es ist bekanntlich ja unendlich trostloser, für albern als für schlimm zu gelten. Möge die zivilisierte Welt also getröstet sein, denn ihre Fortschritte zu der alles nivellierenden Unbefangenheit der wandernden Schauspieler, Scherenschleifer und vazierenden Musikanten sind schnell und unwidersprechlich. Dennoch bleiben Erbübel immer schwer auszurotten, und ich glaube bemerkt zu haben, daß, sobald man auf die Redeweisen dieser grandiosen Parteilosen fein kräftig eingeht und etwa hier und dort noch den rechten Drücker aufsetzt, sie geradeso vergnügt lächeln als ein Bauer, der Zahnweh hat.

Gott besser's, sage ich und überlasse die beliebige Auslegung jedem. Was mich anbelangt, so bin ich, wie gesagt, ein Mensch nullius iudicii, nämlich ein Münsterländer, sonst guter Leute Kind, habe studiert in Bonn, in Heidelberg, auch auf einer Ferienreise vom Rigi geschaut und die Welt nicht nur weitläufig, sondern sogar überaus schön gefunden ein in der Tat wunderbar köstlicher Moment, und für den armen Studenten, der um jeden zu diesem Zwecke heimgelegten Taler irgendeine andere Freude hat totschlagen müssen, ein tief, fast heilig bewegender dennoch nichts gegen das erste Knistern des Heidekrauts unter den Rädern, nichts gegen das mutwillige Andringen der ersten Blütenstaubwolke, die die erste Nußhecke uns in den Wagen wirbelte, nach drei langen auswärts verlebten Jahren. Da habe ich mich mal weit aus dem Schlage gelehnt und mich gelb einpudern lassen, wie ein Römer aus den Zeiten Augusts, und so wie berauscht die erstickenden Küsse meiner Heimat eingesogen. Dann kamen meine klaren, stillen Weiher mit den gelben Wasserlilien, meine Schwärme von Libellen, die wie glänzende Zäpfchen sich überall anhängen, meine blauen, goldenen, getigerten Schmetterlinge, die wie flatternde Miniaturen aufstiegen. Wie gern wäre ich ausgestiegen und ein Weilchen nebenhergetrabt, aber es kam mir vor, als müßte ich mich schämen vor den Leuten im Schnellwagen und vor allen machte mir ein bleicher, winddürrer Herr not, der ganz aussah wie ein Genie, was auf Menschenkenntnis reist, denn ich bin ehrlicher Leute Kind und möchte nicht gern als empfindsame Heidschnucke in einem Journale figurieren. Deshalb will ich denn auch hier abbrechen und nur noch sagen, daß ich seit zwölf Jahren wieder bei uns zulande bin und mein friedliches Brot habe, als Rentmeister meines guten gnädigen Herrn, der keine Schwalbe an seinem Dache belästigen mag, wieviel weniger seine Leute überladet, so daß ich meine Arbeit in der Tat ganz wohl zwingen kann und um vieles an gutem, ich meine gesundem Aussehen gewonnen habe, sonderlich in den letzten fünf Jahren, seit ich das obere Turmzimmer bewohne, was das gesundeste im Hause ist und mir noch allerlei kleine Ergötzlichkeiten, als aus dem Fenster zu angeln und die Reiher über dem Schloßweiher wegzuschießen, bietet. Die Zeitungen werden mir auch gebracht, wenn der Herr sie gelesen, und die Bücher aus der Leihbibliothek; so füllt sich mein Überschuß an Zeit ganz behaglich aus, und ich bleibe hinlänglich in Rapport mit der politischen und belletristischen Außenwelt. Sehr wunderlich war mir zumute, als ich vor etwa zehn Jahren zum erstenmal mein gutes Ländchen in van der Veldens Roman unverhofft begegnete, es war mir fast, als sei ich nun ein Lion geworden und könne fortan nicht mehr in meinem ordinären Rocke ausgehen. In den letzten Jahren habe ich mich indessen dagegen verhärtet, seit wir Westfalen in der Literatur wie Ameisen umherwimmeln. Ich will nichts gegen diese Schriften sagen, da ich wohl weiß, wie es mir ergehen würde, wenn ich z.B. einen Russen oder Kalmücken in die Szene setzen sollte, aber soviel ist gewiß, daß ich in den Figuren, die dort unsere Straßen durchwandeln, höchstens meine Nebenmenschen erkannt habe. Mir fiel dabei ein, wie ich in den Gymnasialjahren bei einer stillen honetten Familie wohnte, wo jeden Abend Walter Scotts Romane, einer nach dem andern, andächtig vorgenommen wurden; mein Wirt war Forstmann, sein Bruder Militär, und seiner Frauen Bruder, der sich pünktlich um sieben mit der langen Pfeife und einem starken Salbenduft einstellte, Wundarzt Gott, wie haben wir uns an dem Schottländer ergötzt, aber nur ich ganz rein, weil ich von allem, was er verhandelte, eben kaum oberflächliche Kenntnisse hatte, die andern hingegen fanden alles unübertrefflich, bis auf die greulichen Schnitzer in jedes eignem Fach, und lagen sich oft in den Haaren, daß sie im Eifer das Licht ausdampften und mir in Rauch und Angst der Atem ausging, denn mein Held lag derweil hart verwundet am Boden, und mir war, als müsse er sich verbluten, oder er hing über einem schaudernden Abgrund, und mir war, als sähe ich ein Steinchen nach dem andern unter seinen Füßen wegbröckeln; daraus habe ich mir denn den Schluß gezogen, nicht damals, sondern nachträglich, daß man sowohl aus Billigkeit als um sich nicht unnötig zu verstimmen, zuweilen eine Krähe für einen Raben muß gelten lassen, und es ist nicht zu genau zu nehmen mit Leuten, die vielleicht aus Not als gute Familienväter sich mit Gegenständen befaßt haben, zu deren Durchdringen ihnen nun einmal die Gelegenheit nicht ist gegeben worden. Dennoch war es mir, sooft ich las, als rufe alles Totgeschlagene um Hülfe und fordere sein Leben von mir. Ich hatte seitdem keine Ruhe, weniger vor dem, was besteht, als vor dem, was für immer hin ist. Alte, nebelhafte Erinnerungen aus meinen frühsten Jahren tauchten auf, glitten mir tages über die Rechnungen und kamen nachts in einer lebendigen Verkörperung wieder; ich war wieder ein Kind und knieete neugierig und andächtig auf dem grünen Stiftsanger, während die Prozession an mir vorüberzog, die Kirchenfahnen, die breite Sodalitätsfahne; ich sah genau die seit dreißig Jahren vergessenen Zieraten des Reliquienkastens, und Fräulein, die ich schon so lange als alt und verkümmert kannte, daß es mir war, als könnten sie nie jung und selbständig gewesen sein, traten in ihrer weißen Ordenstracht so stattlich und sittsam hinter dem hochwürdigen Gute her, wie es christlichen Herrschaften geziemt. Seltsam genug war in diesen Träumen auch alle Scheu und Beschränktheit eines Kindes wieder über mich gekommen; ich fürchtete mich etwas weniges vor den Bärten der Kapuziner, nahm nur zögernd und doch begierig das Heiligenbild, was sie mir mit resolutem Nicken aus ihren Ärmel hervorsuchten, sah verstört hinter mich, wenn meine Tritte in den Kreuzgängen widerhallten, und horchte mit offenem Munde auf die eintönigen Responsorien der Domherren, die aus dem geschlossenen Chore mir wie eine Wirkung ohne Ursache hervorzudröhnen schienen. Wachte ich dann auf, so war mir zumute wie einem Geplünderten, verarmt und tiefbetrübt, daß alles dieses und auch soviel anderes Landesgetreue, was so reich und wahrhaftig gelebt, fortan kein anderes Dasein haben sollte als in dem Gedächtnisse weniger Alternder, die auch nach und nach abfallen wie das Laub vom Baume, bis der kalte Zugwind der Ereignisse auch kein Blatt mehr zu verwehen findet. Träumen macht närrisch, pflegt man zu sagen; mich hat es närrisch genug gemacht (soll ich's gestehen? und warum nicht, irren ist kein Schade). An einem schönen Tage, wo blöder Sonnenschein mir gute Courage machte, schnitt ich entschlossen ein Dutzend Federn, nahm mich gewissermaßen selber bei den Ohren und dachte: Schreib auf, was du weißt, wäre es auch nur für die Kinder des Herrn, Karl und Klärchen besser ein halbes Ei als eine leere Schale; angefangen habe ich denn auch, aber wenn ich sagte, es sei gut geworden, so hätte ich mich selber zum Narren. Solange ich schrieb, kam es mir schon leidlich vor, und ich hatte mitunter Freude an eignen netten Einfällen und, wie mich dünkte, ganz poetischen Gedanken, aber wenn ich es mir nun vor anderer Augen oder gar gedruckt dachte, dann schoß es mit einem Male zum Herzen, als sei ich doch ganz und gar kein Genie und, obwohl gleichsam mit der Feder hinterm Ohre geboren, doch wohl nur, um Register zu führen und Rechnungen auszuschreiben. In meinem Leben habe ich mich nicht so geschämt, als wenn ich dann, wie dies ein paarmal geschah, die Tischglocke überhörte und der Bediente mich überraschte, der, gottlob, kein Geschriebenes lesen kann. Aller Augen sahen auf mich, ich schluckte meine Suppe nachträglich hinunter wie ein Reiher, und es war mir, als ob alle mit dem Finger auf mich wiesen, die doch nichts von meiner Heimlichkeit wußten, sonderlich die beiden Kinder. Bei Gott! es muß ein angstvolles Metier sein, das Schriftstellern, und ich gönne es keinem Hunde. Darum bin ich auch so herzlich froh, daß ich dieses Manuskript gefunden, was alles und weit mehr enthält, als ich zu sagen gewußt hätte, dabei in einem netten Stile, wie er mir schwerlich würde gelungen sein. Das Heft lag im Archive unter dem Lagerbuche, und ich habe dies wohl hundertmal daran hinein- und hinausgeschoben, ohne es je zu beachten, aber an jenem Tage morgen werden es drei Wochen her sein polterte es einem Bündel Papiere nach auf den Boden, und eine glückliche Neugier trieb mich an hineinzusehen. Der Verfasser ist ein Edelmann aus der Lausitz, Lehnsvetter einer angesehenen, seit zwanzig Jahren erloschenen Familie, deren Güter meinem Herrn zugekommen sind das Hauptgut als Allodium durch Erbschaft, da des Herrn Mutter eine Tochter jenes Hauses war, die geringern Besitzungen durch Kauf vom Bruder dieses Lausitzers im Zeitpunkt der Aufhebung des Lehnsrechts durch Napoleon. Wie das Manuskript hierhergekommen, weiß ich nicht, und der Herr, dem ich's vorgelegt, wußte ebenfalls nichts darüber; vielleicht hat es mein Vorgänger im Amte, der aufgeweckten, wißbegierigen Geistes gewesen sein soll, von einer seiner Inspektionsreisen mitgebracht. Es lagen noch zwei vergilbte Briefe darin, woraus erhellt, daß jener Edelmann unerwartet abreisen mußte, weil sein Bruder am Nervenfieber schwer erkrankt war, daß er, in der Heimat angekommen, über der Pflege desselben gleichfalls erkrankte und starb, während der andere aufkam; so mag er wohl sein Manuskript in der Angst und Eil' vergessen haben. Er scheint ein munterer und wohlmeinender Mann gewesen zu sein, billig genug für einen Ausländer, mit der so seltenen Gabe, eine fremde Nationalität rein aufzufassen, freilich nur halb fremd, denn das westfälische Blut dringt noch bis ins hundertste Glied, und ich würde bedauern, daß er so früh sterben mußte, wenn ich nicht bedächte, daß er jetzt doch schwerlich noch im Leben sein könnte sechsundfünfzig Jahre sind eine lange Zeit, wenn man schon vorher in den Dreißigen war. Die angesehene und fromme Familie, bei der er den einen Sommer zugebracht, hat auch, man möchte sagen, unzeitig verlöschen müssen: zuerst der alte Herr, der sich beim Botanisieren erkältete und, so glatt und wohlerhalten für seine Jahre er aussah, sich doch als sehr schwach erwies, denn er schwand hin an der leichten Erkältung wie ein Hauch; dann der junge Herr Baron, den man bis zu seiner Majorennität auf Reisen schickte, und der in Wien ein trauriges, vorzeitiges Ende fand, im Duell, um einer eingebildeten Beleidigung willen, die das freundliche Gemüt des jungen Mannes nicht beabsichtigte; Fräulein Sophie starb ihnen bald nach, sie war nie recht gesund gewesen und diese beiden Stöße zu hart für sie; meines Herrn Mutter mußte die Geburt ihres Kindes mit dem Leben bezahlen; aber wer sie alle überlebte, war die Frau Großmutter, die nach dem Verluste der Ihrigen hierher zog und sich mit großer Elastizität an dem Gedeihen ihres Enkels wieder aufrichtete; ich habe sie noch gekannt als eine steinalte Frau, aber lebendig, heftig und aller ihrer Geisteskräfte mächtig bis zum letzten Atemzuge; man hätte fast denken sollen, sie werde nimmer sterben, und doch war es am Ende ein leichtes Magenübel, was sie hinnahm ihr Andenken ist in Ehren und Segen und der gnädige Herr noch immer still und nachdenklich an ihrem Todestage. Als ich ihm das Manuskript gab, war er sehr bewegt, und ich glaubte nicht, daß er dessen Veröffentlichung zugeben werde; nachdem es aber vierzehn Tage auf seinem Nachttische gelegen und er in dieser Zeit kein Wort zu mir darüber geredet hatte, gab er es mir am verwichenen Sonnabend, den 29. Mai, zurück mit dem Zusatze, von einem Westfalen geschrieben, würde es weniger bedeutend sein, aus dem Munde eines Fremden sei es ein klares und starkes Zeugnis, was im Familienarchive nicht unterdrückt werden dürfe. So mag es denn sein! und ich gebe es dem Publikum zum Gefallen oder Mißfallen; es ist kein Roman, es ist unser Land, unser Glaube, und was diesen trifft an Lob oder Tadel, was die Lebenden tragen müssen, das möge auch über diese toten Blätter kommen.

Erstes Kapitel

Der Edelmann aus der Lausitz und das Land seiner Vorfahren

Soeben hat die Schloßglocke halb zehn geschlagen es ist eigentlich noch gar nicht Nacht ein schmaler Lichtstreifen steht im Westen, und zuweilen fährt noch ein Vogel im Gebüsche drüben aus seinem Halbschlafe auf und träumt halbe Kadenzen seines Gesanges nach dennoch ist's hier fast schon Nacht soeben hat man mir eine schöne neue Talgkerze gebracht Holz ans Kamin gelegt, um einen Ochsen zu braten, und nun soll ich ohne Gnade in die Daunen. Unmöglich, ich emanzipiere mich, heimlich, aber desto sicherer, und niemand sieht es mir morgens an, daß ich allnächtlich den stillen Wohltäter des Hauses mache und auf Wasser und Feuer zwar nicht achte, aber doch achten würde, wenn dergleichen Dinge hierzulande nicht unschädlich wären, wie ich wohl schließen muß, wenn ich jeden Abend Knecht und Magd mit flackernden Lampen in Heuböden und Ställen umherwirtschaften sehe. Diese alten Mauern, die doch wenigstens ihre drei Jahrhunderte auf dem Rücken zu tragen scheinen! seltsames, schlummerndes Land! so sachte Elemente! so leiser, seufzender Strichwind, so träumende Gewässer! so kleine friedliche Donnerwetterchen ohne Widerhall! und so stille, blonde Leutchen, die niemals fluchen, selten singen oder pfeifen, aber denen der Mund immer zu einem behaglichen Lächeln steht, sie unter der Arbeit nach jeder fünften Minute die Wolken studieren und aus ihrem kurzen Stummelchen gen Himmel schmöken, mit dem sie sich im besten Einverständnisse fühlen. Vor einer Viertelstunde hörte ich die Zugbrücke aufknarren, ein Zeichen, daß alles ab und tot ist und das Haus fortan unter dem Schutze Gottes und des breiten Schloßteiches steht, der, nebenbei gesagt, an einigen Stellen nur knietiefe Furten hat; das macht aber nichts, es ist doch blankes Wasser, was darüber steht, und man könnte nicht durchwaten, ohne bedeutend naß zu werden: Schutz genug gegen Diebe und Gespenster! Die Nacht wird sehr sternhell werden, ich sehe zahllose milchichte Punkte allmählich hervordämmern; drei Hühnerhunde und zwei Dachse lagern auf dem Estrich unter meinem Fenster und schnappen nach den Mücken, die die dekretierte Nacht noch nicht wollen gelten lassen; aus den Ställen dröhnt zuweilen das leise Murren einer schlaftrunkenen Kuh oder der Hufschlag eines Pferdes, das mit Fliegen kämpft; im Zimmer meines guten Vetters von Noahs Arche her brennt das einzige Nachtlicht; was soll ein ehrlicher Lausitzer machen, der um elf seine letzte Pikettpartie anzufangen gewöhnt ist? Um mich liegen zwar die Schätze der Bibliothek: Hochbergs »Adliges Landleben«, Kerßenbrocks »Geschichte der Wiedertäufer«, Werner Rolewinks »De moribus Westphalorum« und meines Wirtes nicht genug zu preisendes »Liber mirabilis« aber mir geht es wie den Israeliten, die sich bei dem blanken Manna nach den Fleischtöpfen Egyptis sehnten; o Dresdener Staatszeitung, o Frankfurter Postreiter, die ihr mich so manches Mal in den Schlaf gewiegt habt, wann werden meine Augen euch wiedersehen? Können die Heringe und Schellfische des Münsterschen Intelligenzblattes meine politischen Stockfische ersetzen? Aber warum schreibe ich nicht oder vielmehr, warum habe ich nicht geschrieben diese zwei Monate lang? Bin ich nicht im Lande meiner Vorfahren? Das Land, was mein Ahn Hans Everwin so betrübten Herzens verließ und in sauberm Mönchslatein besang wie eine Nachtigall in der Perücke? O angulus ridens! o prata fontesque susurro etc.

etc. Ich weiß es, wie mich einst freuen wird, diese Blätter zu lesen, wenn dieses fremdartige Intermezzo meines Lebens weit hinter mir liegt, vielleicht mehr, als ich jetzt noch glaube, denn es ist mir zuweilen, als wolle das zwanzigfach verdünnte westfälische Blut sich noch geltend in mir machen. Gott bewahre! ich bin ein echter Lausitzer vive la Lusace! und nun! das hat Mühe gekostet, bis ich an diesen Kamin gelangt bin schlechte, schlechte Wege habe ich durchackert und Gefahren ausgestanden zu Wasser und Lande. Dreimal habe ich den Wagen zerbrochen und einmal dabei auf dem Kopfe gestanden, was weder angenehm noch malerisch war. Mit einem Spitzgespann (so nennt man hier ein Dreigespann) von langhaarigen Bauernpferden habe ich mich durch den Sand gewühlt und mit einem Male den vordern Renner in einer sogenannten Welle versinken sehen, einer tückischen, wandernden Rasse von Quellen, die ich sonst nirgends angetroffen und die hier manchen Fahrwegen Annex ist, sich das ganze Jahr stille hält, um im Frühlinge irgendeine gute münsterische Seele zu packen, zur Strafe der Sünde, die sie nicht begangen hat. Ich bin aus dem Wagen gesprungen wie ein Pfeil, denn bei Gott mir war so konfus, daß ich an die Nordsee und Unterspülen dachte; von meinem Pferdchen war nur noch ein Stück Nase und die Ohren sichtbar, mit denen es erbärmlich zwinkerte; zum Glück waren Bauern in der Nähe, die Heidrasen stachen und geschickt genug Hand anlegten: »He! Hans! up! up!« Ja Hans konnte nicht auf und spartelte sich immer tiefer hinein; endlich ward er doch herausgegabelt und zog niedergeschlagen und kläglich triefend weiter voran, wie der bei der Serenade übel begossene Philister. Ich fand vorläufig den Boden unter meinen Füßen sicherer und stapfte nebenher durch das feuchte Heidekraut, immer an unsern Ahn denkend und sein horazisches »o angulus ridens!« und was denn hier wohl lachen möge? der Sand? oder das kotige Pferd? oder mein Fuhrmann in seinem bespritzten Kittel, der das Ave-Maria pfiff, daß die Heidschnucken davon melancholisch werden sollten? oder vollends ich, der wie ein Storch von einem Maulwurfshügel zum andern stelzte? Doch ich war es, der am Ende lachend in den Wagen stieg, dreimal selig, schon vor Jahrhunderten im kleinsten Keime diesem glückseligen Arabien entflohen zu sein, was sich mir in diesem Augenblicke von dem klassischen durch nichts zu unterscheiden schien, als nur durch den Mangel an Sträußen und Überfluß an Pfützen. O Gott! dachte ich, wie mag die Halle deiner Väter beschaffen sein, du guter Everwin! Eine halbe Tagereise weiter, und die Gegend klärte sich allmählich auf; die Heiden wurden kleiner, blumicht und beinahe frisch und fingen an, sich mit ihren auffallend bunten Viehherden und unter Baumgruppen zerstreuten Wohnungen fast idyllisch auszunehmen; rechts und links Gehölz und, soweit ich es unterscheiden konnte, frischer, kräftiger Baumschlag, aber überall traten dem Blick mannshohe Erdwälle entgegen, die, vom Gebüsch überschattet, jeden Fahrweg unerläßlich einengten wozu? wahrscheinlich um den Kot desto länger zu konservieren; ich befragte meinen Fuhrmann, einen gereisten Mann, der sogar einmal Düsseldorf gesehen hatte und mich mindestens immer um mein drittes Wort verstand: »O Herr«, sagte er, »wenn wir keine Wallhecken hätten, was würden wir dann für schelmhafte Wege haben?« Vivat Westphalia, dachte ich! Wir ackerten voran aus allen Häusern belferten uns Kläffer an, die ich allemal, die langhaarigen »Rüden«, die glatten ohne Ausnahme »Teckel« locken hörte; vor den Eingängen einzelner größerer Höfe zerwüteten sich greuliche Zerberusse an ihrer Kette und es schien mir unmöglich, unzerrissen hinein- oder hinauszukommen. Was man nicht alles bemerkt auf einer Tagfahrt zwischen Wallhecken, den Himmel über, die Pfütze unter sich! Der Wagen hielt einen Augenblick an, vier kleine Buben, sämtlich in Troddelmützen und drei Kamisöler übereinander, rot wie Äpfelchen, stolperten eilig herzu und langten mit der Hand nach dem Schlage; ich suchte nach ein paar Stübern und

Matieren, die man mir auf der letzten Station zugewechselt, und rief, indem ich sie aus dem Schlage warf: »Habt acht, ihr Buben!« Da aber nahmen sie Reißaus, und wie verscheuchte Hasen krabbelten sie den Erdwall hinan. Gotts Wunder, was mochte das für ein Krabat oder Slowak sein, der kein Deutsch konnte und sein Geld in den Dreck warf? Ich sah sie noch lange aus ihrem Hafen meinem Wagen nachstarren, wie, sans comparaison, einem abziehenden Kamele. Einem war beim Ansatz zur Flucht sein Holzschuh abhanden gekommen, und ich hörte ihn unter dem Rade ein unzeitiges Ende nehmen; mein Trost waren die herrenlosen Stüber und Matiere, mit denen sich das dicke Henrichjännchen oder Jannberndchen (so heißt hier nämlich immer der dritte Mann) bezahlt machen konnte, wenn dieses nicht außer seinem Gedankenkreise lag. Jetzt weiß ich, daß die armen Dinger mir nur eine Kußhand geben, und schon damals begriff ich, daß sie mindestens nicht betteln wollten. Überhaupt sah ich keine Straßenbettler am Wege, und das Land meiner Vorfahren fing an, mir mindestens ganz nährend und behaglich vorzukommen, obwohl meine Augen noch immer vergeblich nach dem »Fette der Erde« ausschauten, bei dem die Leute so vollständige runde Köpfe und stämmige Schultern ansetzen konnten, bis ich durch die Lücken der Wallhecken über die schweren Schlagbäume weg in das Geheimnis der Kämpe und Wiesengründe drang, wo ich die eigentliche Elite der Ställe erblickte: schönes schweres Vieh ostfriesischer Rasse, was übersatt und schnaubend in dem wie von einem Goldregen überzitterten Grasewalde lag. Schau mir einer die pfiffigen Münsterländer, die ihr eure dicken Taler auf vier Beinen hinter Erdhaufen und Dornen versteckt, damit kein reisender Diplomat in der Seele seines gnädigsten Herrn etwa Appetit dazu bekomme! Ich bin zu sehr Landwirt, als daß dieser Anblick mich unbewegt gelassen hätte; ich dachte an mein liebes Dobbritz und meine krauslockigen Lämmerchen und fühlte das Blut meines Ahns den Urenkeln seiner Ställe entgegenrollen seltsam! ich kann dies niederschreiben, als dächte ich noch heute so, und doch ist mir so gar anders zumute. Nun weiter zum Ziele! wenn die Lehmchausseen meiner so müde sind als ich ihrer, so werden sie sich freuen, daß wir auseinander kommen, und ich fühle mich noch innerlich zerschlagen von der Erinnerung und schmachte dem Ziele entgegen.

Doch zuvor noch ein Reiseabenteuer kein kleines für meinen Fuhrmann und was mir den ersten dämmernden Begriff von dem Charakter dieses Volkes gab. Wir hatten einen derben Schock überstanden unsere Pferde verschnauften in der Heide und dampften aus Nüstern und Flanken. Mein Bauer schlug Feuer an einer Art Lunte in messingener Scheide, die er seinen »perfekt guten Tüntelpott« nannte, in der Ferne bewegte sich etwas grell Rotes zwischen den Kühen es kam näher es war ein Mensch in Scharlachlivree von grauschwarzer Gesichtsfarbe. Ich sagte nichts und beobachtete meinen Bauern; der nahm langsam die Pfeife aus dem Munde, zog langsam einen Rosenkranz aus seiner Tasche, griff nach seinem Hute zweimal, ohne ihn zu lüften, und sah noch nicht auf, als das Unding ihm fast parallel war es stand es redete ihn an in fremdartigem Dialekt: »Wo führt der Weg nach Lasbeck?« Mein Bauer winkte mit der Hand einen breidünnen Fahrweg entlang, der Schwarze schüttelte den Kopf und sah auf seine Stiefel, die schon Schlimmeres überstanden hatten. »Kann ich denn nicht dort herunter?« auf einen Fußweg deutend, der dieselbe Richtung direkter nahm. »Das möchte nicht gut sein«, sagte der Fuhrmann bedächtig. »Warum nicht?« mein Schwarzer kurz angebundenen, cholerischen Temperaments. Nie werde ich den Ausdruck von, ich möchte sagen, ruhigem Schauder und tiefem Mitleid vergessen, mit dem mein Bauer erwiderte: »Da steht ein Kruzifix.« Der Mohr stieß ein paar Sacredieus und Coquins hervor, und fort trabte er mit seinem

Briefbündel unterm Arm. Ist das nun lächerlich oder rührend? Es kommt darauf an, wie man es auffaßt ich gestehe, daß ich meinem Weißkittel gern irgendeine Güte angetan hätte in diesem Augenblick, und seine religiöse Scheu ohne Furcht und Haß, seine tiefe, überschwengliche Gutmütigkeit, die selbst den Teufel nicht ins Labyrinth führen mochte, lag so rührend vor mir, daß ich seinem breiten Rücken, wie er so langsam, den Rosenkranz abzählend, neben den Pferden herschritt, die ersten Liebesblicke in diesem Lande zugewendet habe. Möge Gott dich behüten, du gutes, patriarchalisches Ländchen, Land meiner Vorfahren, wie ich dich gern nenne, wenn man mir mein Anteil Lausitzer Blut ungekränkt läßt. Mit der Ironie ist's ab und tot; ich fahre durch die lange, weite Eichenhalle, wo die schlanken Stämme ihre noch schwachbelaubten Wipfel über mich breiten; ich sah zwischen den Lücken der Bäume einen weiten Wasserspiegel, graue Türme vortreten, bei Gott! es war mir doch seltsam zumut, als ich über die Zugbrücke rollte und über dem Tore den steinernen Kreuzritter mit seinem Hunde sah, dessen der alte Everwin so wohlredend gedenkt: »Eques vexillum crucis sublevans, cum molosso ad aquam hiante« alter Hans Heinrich! schwenkst du deine Fahne auch schützend über deinen verarteten Zweig, dem dein Glaube und Land fremd geworden sind? Im Schlosse war ich so halbwege erwartet, d.h. so in Bausch und Bogen, wo es auf eine Handvoll Wochen nicht ankommt; ein schlau aussehender, schwärzlicher Bursche in himmelblau und gelber Livree, streng nach dem Wappenbuch, öffnete den Schlag und erkannte mich sofort für den fremden Vetter, als ich vom »Schlosse« redete und nach dem »Baron« fragte. »Der Herr sind auf dem Vogelfang, aber die gnädige Frau sind zu Hause« zugleich hörte ich drinnen: »Ihro Gnaden, he ist do, he ist do, de Herr ut de Lauswick!« und sah beim Eintritt noch zwei dicke, passablement schiefe, himmelblaue Beine. Das war also der Eintritt in die Halle meiner Väter; ja, hört, wie es erging, ihr Wände, meine ich, und du, jammernder Scheit im Kamin denn auf die drei Spione und zwei Dachse kann ich nicht rechnen, da das Fenster geschlossen ist. Die gnädige Frau empfing mich stattlich, aber verlegen, das Bäschen stumm verlegen, der junge Vetter neugierig verlegen, der eigentliche Herr, der fast mit mir zugleich eintrat und bei unserer ersten Bewillkommnung einen piependen und flatternden Vogel in der Hand hielt, war auch verlegen, aber auf eine überaus teilnehmende Weise. Verlegen waren alle, und so blieb mir nichts übrig, als es am Ende mit zu werden; man sah, wie in allen eine unterdrückte Herzlichkeit kämpfte mit einem Etwas, das ich nicht ergründen konnte, und mich verstohlen vom Kopfe bis zu den Füßen musterte. Meine Augen hatten den rechten Weg eingeschlagen der galonierte Rock die Ringe an den Fingern, so tragen sich hierzulande die Windbeutel, und womit ich, unter uns gesagt, diesen Leuten an der Welt Ende zu imponieren glaubte und auf der letzten Station wenigstens eine gute Stunde verwendet hatte, das gab mir hier das Ansehen eines, der nächstens zum Bankerott umkippen will und Kredit auf seine Tressen sucht; hier ist alles so feststehend, man weiß so genau, was jeder gilt, daß dergleichen Nachhülfe und Augenverblendung immer nur wie Notschüsse herauskommen, und ich bin jetzt überzeugt, daß mein guter Vetter, unter seinen Grüßen und Verbeugungen, alle seine Gefälle und Zehnten überzählte, und wieviel davon wohl zur Aushülfe eines verlorenen Sohnes im 20sten Gliede möchte ritterlich, christlich und doch ohne Unverstand zu verwenden sein. Jetzt weiß ich dieses, und es demütigt mich nicht; hätte ich es damals gewußt, so würde es mich allerdings in einen kläglichen, innern Zustand von Scham und Zorn versetzt haben, dennoch ging der erste Tag mühsam hin, obwohl der Vetter mich in alle seine Freuden und Schätze einweihte: seine nie gesehenen Blumenarten eigener Fabrik, seine Rüstkammer, seine landwirtschaftlichen Reichtümer, sogar den Augapfel seines Geistes, sein unschätzbares Liber mirabilis ich dachte zu meiner

Unterhaltung, jetzt weiß ich aber, daß es ein schlauer Streich vom alten Herrn war, der mir so heimlich auf den Zahn fühlte, wie es mit adligen Künsten bei mir beschaffen sei nämlich Latein, Öconomia und Ritterschaftsverhältnissen. Mir ging's wie dem Nachtwandler, und ich trat um so blinder, desto sicherer auf. Acht Tage kann ich auf mein Noviziat rechnen, wo täglich eine neue Schleuse des Wohlwollens sich zögernd öffnete, das ganz eigentümliche milde Lächeln des Herrn täglich milder, die scharfen Augen seiner Frau täglich strahlender und offener wurden, und als mich am achten Tage der junge Herr Everwin auf seine Stube geführt und Fräulein Sophie abends aus freien Stücken ein schönes, etwas altmodiges Lied zum Klaviere gesungen hatte, da war ich absolviert und fortan ein Kind und Bruder des Hauses. Ich fühlte dieses, als ich am nächsten Morgen von Abreise sprach, um meinem Bleiben einen festen Boden zu geben, der auch sogleich unter mir aufstieg. »Mich dünkt«, sagte der alte Herr (»der Herr« sagt man hier kurzweg, »Baron« ist ausländisch und windbeutelig) mit einem triumphierenden Lächeln, »mich dünkt, Sie blieben nett hier in Numero Sicher, bis Sie Ihr Recht in der Tasche haben. Der Hund des alten Hans Heinrich hat uns so manchen Prozeß weggebellt, der wird Ihnen auch keinen durchs Tor lassen.« Ich dachte an meine Gedanken, als ich unter dem Steinbilde einfuhr, und der alte Herr mußte mir etwas dergleichen ansehen, denn er schüttelte meine Hand und sagte: »Lieber Herr Vetter!« So bin ich denn nun seit zwei Monaten hier Boten gehen und kommen, und meine Geschäfte ziehen sich in die Länge; ich helfe dem Herrn botanisieren, Vögel fangen und sein Liber mirabilis auslegen, wobei ich schlecht genug bestehe und manche Eselsbrücke schlage, die der Vetter gütig unbemerkt läßt; besser komme ich fort in den gelegentlichen Gesprächen über ernste Gegenstände und Klassische Wissenschaften, in denen der alte Herr vortrefflich beschlagen ist und ich eben auch kein Hund bin was mich aber zumeist ergötzt, ist die lebendige, frische Teilnahme, die kräftige Phantasie, mit der alles meinen Erzählungen von Städten, Ländern und vor allem den Wundern des grünen Gewölbes horcht. Diese stillen Leute sitzen unbewußt auf dem Pegasus, ich will sagen, sie leben in einer innern Poesie, die ihnen im Traume mehr von dem gibt, was ihre leiblichen Augen nie sehen werden, als wir andern übersättigten Menschen mit unsern Händen davon ergreifen können. Ich bin gern hier, es wäre Fadheit, es zu leugnen, und Undank zugleich; auch langweile ich mich keineswegs, man treibt hier allerlei Gutes, etwas altfränkisch und beengt, aber gründlich. Auch gibt es hier von den seltsamsten Originalen, und zwar rein naturwüchsigen, sich völlig unbewußten; wenn ich bedenke, was ich noch alles nachzuholen und zu erläutern habe, ehe ich wieder bis zu diesem Abende, diesem Kamin und diesen Mücken gelange, die mich unbarmherzig molestieren, so scheinen mir alle Gänseflügel auf dem Hofe in Gefahr, aber jetzt ist's spät meine Kerze hat sich mehr schön als dauerhaft bewiesen; sie ist mehr verlaufen als verbrannt, und auf dem Tische schwimmt's von Talge, den ich noch vor Schlafengehen mit eigenen Händen reinigen muß, um nicht morgen von meinem Freunde Dirk als der schmierige Herr aus der Lauswick bezeichnet zu werden. Das Licht im Zimmer des Vetters brennt dämmerig wie ein Traum die Sterne sind desto klarer, welch schöne Nacht!

Zweites Kapitel

Der Herr und seine Familie

Honneur aux dames! Ich fange an mit der gnädigen Frau, einem fremden Gewächs auf diesem Boden, wo sie sich mit ihrer südlichen Färbung, dunkeln Haaren, dunkeln Augen ausnimmt wie eine Burgundertraube, die in einen Pfirsichkorb geraten ist, sie stammt aus einer der reichen rheinländischen Familien, die man hier für ebenbürtig gelten läßt, und der Vetter, der vor zwanzig Jahren nach Düsseldorf landtagen ging und von einer plötzlichen Lust, die Welt zu sehen, befallen wurde, lernte sie in Köln vor dem Schreine der Heiligen Drei Könige kennen und fühlte dort zuerst den vorläufig noch äußerst embryonischen Wunsch, sie zur Königin seines Hauses zu machen. Das ist sie denn auch im vollen Sinn des Wortes: eine kluge, rasche, tüchtige Hausregentin, die dem Kühnsten wohl zu imponieren versteht und, was ihr zur Ehre gereicht, eine so warme, bis zur Begeistrung anerkennende Freundin des Mannes, der eigentlich keinen Willen hat als den ihrigen, daß alle Frauen, die Hosen tragen, sich wohl daran spiegeln möchten. Es ist höchst angenehm, dieses Verhältnis zu beobachten; ohne Frage steht diese Frau geistig höher als ihr Mann, aber selten ist das Gemüt so vom Verstande hochgeachtet worden; sie verbirgt ihre Obergewalt nicht, wie schlaue Frauen wohl tun, sondern sie ehrt den Herrn wirklich aus Herzensgrunde, weiß jede klarere Seite seines Verstandes, jede festere seines Charakters mit dem Scharfsinn der Liebe aufzufassen und hält die Zügel nur, weil der Herr eben zu gut sei, um mit der schlimmen Welt auszukommen. Nie habe ich bemerkt, daß ein Mangel an Welterfahrung seinerseits sie verlegen gemacht hätte, dagegen strahlten ihre schwarzen Augen wie Sterne, wenn er seine guten Kenntnisse entwickelt, Latein spricht wie Deutsch, und sich in alten Tröstern bewandert zeigt wie ein Cicerone. Die gnädige Frau hat südliches Blut, sie ist heftig, ich habe sie sogar schon sehr heftig gesehen, wenn sie bösen Willen voraussetzt, aber sie faßt sich schnell und trägt nie nach. Sehr stattlich und vornehm sieht sie aus, muß sehr schön gewesen sein und wäre dies vielleicht noch, wenn ihre bewegten Gefühle sie etwas mehr Embonpoint ansetzen ließen; so sieht sie aus wie ein edles, arabisches Pferd. Ihr neues Vaterland hat sie liebgewonnen und macht gern dessen Vorzüge geltend, nur mit der Art Überschätzung, die oft gescheiten Leuten von starker Phantasie eigen ist: so hat sie alle alten, mitunter verwunderlichen Gewohnheiten und Rechte des Hauses bestehen lassen und wacht nur über Ordnung und ein billiges Gleichgewicht; ich werde noch auf die respektablen Müßiggänger kommen, über die man hier bei jedem Schritte fällt, und die ich bei mir zu Hause würde mit dem Ochsenziemer bedienen lassen; hier möchte ich sie selbst nicht gekränkt sehen. Bettler in dem Sinne wie anderwärts gibt es hier keine, aber arme Leute, alte oder schwache Personen, denen wöchentlich und öfter eine Kost so gut wie den Dienstboten gereicht wird; ich sehe sie täglich zu dreien oder mehren auf der Stufe der steinernen Flurtreppe gelagert, ärmlich, aber ehrbar, und keinen vorübergehen, ohne sie zu grüßen. Die gnädige Frau tut mehr, sie geht hinunter und macht die schönste Konversation mit ihnen über Welthändel, Witterung, die ehrbare Verwandtschaft und wovon man sich sonst nachbarlich unterhält; darum gilt sie denn auch für eine brave, gemeine Frau, was soviel gilt als populär, und sie ist immer mit gutem Rat zur Hand, wo sie denn auch, wie billig, der Ausführung nachhilft. Sehr habe ich ihre

Geduld bewundern müssen mit einem Verrückten, dem Sohn des Müllerhauses, dessen Licht ich eben durch die Mauerluke herüberscheinen sehe. Der arme Mensch ist irre geworden über eine Heiratsgeschichte, obwohl nicht eben aus Liebe. Er war einziger Sohn, sie einzige Tochter, und beide Eltern am Leben; so zog die Aussicht sich ins Blaue, da jedes die Seinigen mitbringen mußte und für vier alte Leute in keinem der Häuser Raum war; dennoch hatten die Eltern sie unterderhand verlobt mit dem ruhigen Zusatze, daß, wenn zweie von ihnen gestorben seien, was bei ihrem Alter wohl nicht lange ausbleiben werde, die Heirat vor sich gehen könne. So lebten alle friedlich und ohne Ungeduld voran, bis der Brautvater, ein Tischler, sehr kränklich, zugleich etwas schwach im Kopfe, anfing, sich lebhaft nach einem Gehülfen zu sehnen. Sein Geselle, ein schlauer Sauerländer, machte sich dieses zunutze, so viel vom Verfall der Kundschaft und dem übermäßigen Wohlbefinden des Müllerpaares zu reden, denen er wenigstens Methusalems Alter prophezeite, wobei er schlau die Verpflichtung gegen Kind und Gutsherrn auf das geängstigte Gemüt des alten Mannes wirken ließ, bis er diesen ganz konfus über Recht und Unrecht gemacht hatte. Die Folge war eine zweite und dieses Mal rechtskräftige Verlobung mit Stempelpapier und Siegel zwischen dem betrübten, eingeschüchterten Mädchen und dem Sauerländer. Zwei Tage später, und der alte Mann lag tot am Schlagflusse, und fast mit ihm zugleich starb der Vater des Bräutigams an einer leichten Erkältung, was wahrlich kein zähes Leben bewies. In der ersten Trauerzeit hielt jedes sich still zu Hause, dann aber trieb die Müllerin ihren Sohn an, mit der Braut jetzt das Nähere zu bereden; als er hinkam, stand sie im Garten, und er sah sie schon von weitem die Schürze vors Gesicht schlagen und ins Haus gehen; darauf kam die Mutter heraus und erzählte ihm mit vielem Stottern die ganze Bescherung, worauf er stille wieder nach Hause ging. Seitdem konnte er aber den Schimpf nicht verwinden; zugleich drängte ihn die Mutter, deren Kräfte schnell abnahmen, zum Heiraten. Zwei neue Pläne, die übereilt angelegt waren, schlugen fehl. Franz hatte einen tiefen, heimlichen Hochmut auf seine ehrenwerte Familie, die seit vielen Generationen des Herrn Mühle mit Lob versehen hatte, und noch mehr, weil er als älterer Spielkamerad und halber Aufseher der Herrschaft aufgewachsen war und noch jetzt zu den Auserwählten gehörte, die auf Hochzeiten mit den Fräuleins einen Tanz machten. Die Scham quälte ihn, das Drängen seiner Mutter und die Furcht, eine schlimme Wahl zu treffen oder gar mit einem neuen Korbe aufzuziehen, ließen ihm Tag und Nacht keine Ruhe; seine Augen bekamen nach und nach etwas Stieres im Blick, und mit einem Male fing er an, allerlei wirres Zeug zu reden jetzt ist er ganz irre, obwohl voll Höflichkeit und, wenn man ihn auf ganz fremde Gegenstände lenkt, von recht verständigem Urteile; aber dazu kommt es selten, seine fixen Ideen halten ihn wie mit eisernen Klammern und fahren in jedes beruhigende Gespräch wie Sporenstiche hinein. Jetzt ist seine größte Not eine Prinzessin von England, die man ihm zufreien will, was ihn als guten Katholiken ängstigt, er hält sich ihr ganz ebenbürtig, doch hat er ein halbes Bewußtsein von ihrer hohen Stellung, und daß sie ihn, wenn er sich sperrt, könnte wohl einstecken oder auf die Tortur bringen lassen, und er bereitet sich durch Lesen in der Bibel auf sein einstiges Martyrtum vor, dem er doch womöglich noch entschlüpfen möchte, und täglich mit der gnädigen Frau lange Beratungen darüber hält, die mit himmlischer Geduld ihm schlaue Ausflüchte erfinden hilft und wirklich, wie ich glaube, allein bis dahin ihn vor völliger Raserei gerettet hat. Mich durchrieselt jedesmal ein Schauder, wenn ich dieses Angstbild sehe; hier erregt es nur tiefe, ruhige Teilnahme. Aber ich bin von meinem Thema abgekommen, also der junge Herr: Everwin heißt er, in getreuer Reihenfolge wie die Heinriche von Reuß, steckt noch ein wenig in der Schale. Neunzehn Jahr ist er alt und lang aufgeschossen wie eine Erle, blond, mit hellblauen Augen, durch die man glaubt, bis ins Gehirn sehen zu können. Ich höre ihn oft im Nebenzimmer gefährlich stöhnen und räuspern über den Klassikern und alten Geschichtswerken, an denen er eine Mühe hat, daß ihm mittags zuweilen die Haare davon zu Berge stehen. Ich profitiere auch zur vollen Genüge von seinem Geigenspiel, zuweilen, wenn ich gerade gutgelaunt und recht im Dolcefarniente bin, nicht ohne Vergnügen: er streicht seinen Viotti so sanft und reinlich ab und an manchen Stellen mit so kindlich mildem Ausdruck, daß ich oft denke: er ist doch der Papa en herbe, der nur noch nicht zum Durchbruch kommen kann dieses geringe, leider täglich an Wert verlierende Vergnügen wird mir aber reichlich versalzen durch die Übungsstunden, wo absichtlich zu Schwieriges vorgenommen wird; von all dem Wasser, was mir diese Doppelpassagen, bei denen immer ein falscher Ton nebenher läuft, schon um die Zähne getrieben haben, könnten wenigstens zwei Mühlen gehen; zuweilen gibt Karo, des Vetter sehr geliebter Spion, noch die dritte Stimme dazu, und dann ist der Moment da, wo ein spleeniger Engländer sich ohne Gnade erhängen würde. Mein Zimmer ist indessen der Ehrenplatz im Hause, und Hoffart will Not leiden; zudem kann mir nicht entgehen, daß Everwin, wo es ohrengefährlich wird, den Bogen so leise ansetzt wie ein menschlicher Wundarzt die Sonde, und sogar zuweilen mir zuliebe seinem Karo einen Fußtritt gibt, der ihm gewiß selber wie ein Pfahl durchs Herz geht; er ist überhaupt ein bescheidener, jüngferlicher Nachbar, der morgens auf den Zehen umherschleicht und sich abends gleichsam ins Bette stiehlt, daß ich kaum die Decken rispeln höre. Sein Freund und Gefährte in allem ist der Neffe des Rentmeisters, Wilhelm Friese, ein wunderlich begabter junger Mann, an dem Everwin sich festgesogen hat wie die Auster an der Koralle; ich sehe sie beide oft morgens um sechs nach dem Dohnenstrich ziehen in knappen Jagdröckchen und Lederkäppchen, fröhlich und mädchenhaft wie ein paar Klosternovizen in den Freistunden. Vor Frauen hat er noch eine wahre Josephsscheu und würde einen unchristlichen Haß auf die Unglückliche werfen, mit der man ihn neckte; zwei Münstersche Schilling gebe ich drum, ihn dereinst auf Freiersfüßen zu sehen; ohne Zweifel muß da sein Wilhelm voran, und der wird sich ebenfalls alle zehn Nägel abkauen vor Angst, obgleich er gegen ihn gerechnet für einen Schalk gelten kann. Neulich frühe saß ich am Ausgange der neuen Anlagen, die diesen Landsitz umgeben wie Nester mit jungen Vögeln eine graue Warte. Everwin kam über Feld, Wilhelm hinterdrein, ich hörte, daß sie sprachen, aber Everwin sah nicht zurück. »Ich sage es dir nochmals«, rief Wilhelm, »wenn du dir keinen bessern Rock anschaffst, so bekömmst du dein Lebtag keine Frau!« »Ach, bah!« brummte Everwin und rannte wie ein Kurier und war bereits dicht neben mir, ohne mich zu sehen. »Lauf doch nicht so, laß uns das Ding überlegen, du kömmst doch nicht vorbei, was scheint dir blau mit Tressen, das steht gut zu blonden Haaren.« »Wilhelm!« drohte Everwin zurück und trat bis über die Knöchel in eine Lache. »Guten Morgen, Vetter!« sagte ich. »Sieh, sind Sie da? ich habe ins Wasser getreten!« »Das sehe ich« und fort trabten beide wie begossene Hunde, Wilhelm am betroffensten; er hatte aber auch gottlose Reden geführt! Fräulein Sophie gleicht ihrem Bruder aufs Haar, ist aber mit ihren achtzehn Jahren bedeutend ausgebildeter und könnte interessant sein, wenn sie den Entschluß dazu faßte. Ob ich sie hübsch nenne? Sie ist es zwanzigmal im Tage und ebensooft wieder fast das Gegenteil; ihre schlanke, immer etwas gebückte Gestalt gleicht einer überschossenen Pflanze, die im Winde schwankt, ihre nicht regelmäßigen, aber scharf geschnittenen Züge haben allerdings etwas höchst Adliges und können sich, wenn sie meinen Erzählungen von blauen Wundern lauscht, bis zum Ausdruck einer Seherin steigern, aber das geht vorüber, und dann bleibt nur etwas Gutmütiges und fast peinlich Sittsames zurück; einen eignen Reiz und gelegentlichen Nichtreiz gibt ihr die Art ihres

Teints, was, für gewöhnlich bleich bis zur Entfärbung der Lippen, ganz vergessen macht, daß man ein junges Mädchen vor sich hat aber bei der kleinsten Erregung, geistiger sowie körperlicher, fliegt eine leichte Röte über ihr ganzes Gesicht, die unglaublich schnell kömmt, geht und wiederkehrt wie das Aufzucken eines Nordlichts über den Winterhimmel; dies ist vorzüglich der Fall, wenn sie singt, was jeden Nachmittag zur Ergötzung des Papas geschieht. Ich bin kein natürlicher Verehrer der Musik, sondern ein künstlicher mein Geschmack ist, ich gestehe es, ein im Opernhause mühsam eingelernter, dennoch meine ich, das Fräulein singt schön über ihre Stimme bin ich sicher, daß sie voll, biegsam, aber von geringem Umfange ist, da läßt sich ein Maßstab anlegen, aber dieses seltsame Modulieren, diese kleinen, nach der Schule verbotenen Vorschläge, dieser tieftraurige Ton, der, eher heiser als klar, eher matt als kräftig, schwerlich Gnade auswärts fände, können vielleicht nur einem geborenen Laien wie mir den Eindruck von gewaltsam Bewegenden machen; die Stimme ist schwach, aber schwach wie ein fernes Gewitter, dessen verhaltene Kraft man fühlt tief, zitternd wie eine sterbende Löwin: es liegt etwas Außernatürliches in diesem Ton, sonderlich im Verhältnis zu dem zarten Körper. Ich bin kein Arzt, aber wäre ich der Vetter, ich ließe das Fräulein nicht singen; unter jeder Pause stößt ein leiser Husten sie an, und ihre Farbe wechselt, bis sie sich in roten, kleinen Fleckchen festsetzt, die bis in die Halskrause laufen mir wird todangst dabei, und ich suche dem Gesange oft vorzubeugen.

Fräulein Anna, in die man mich etwas verliebt glaubt, darf sich wohl sehen lassen; sie ist ein schönes, braunes Rheinkind mit brennenden Augen, blitzenden Zähnen, Elfenfüßchen, zitternd von verhaltenem Mutwillen wie eine Granate, über der die Lunte brennt; sie möchte gern immer reden und schweigt doch zumeist, weil sie den rechten Ton auf der hiesigen Skala nicht finden kann; wenn wir abends unsere stillen, ehrbaren Gespräche führen, sitzt sie gewöhnlich am Fenster und seufzt ungeduldig Wolken und Winde an, die nach den Rebhügeln ziehen, wo ihre jungen Gefährten sich's wohl und lustig sein lassen, während sie hier bei der Tante die Klosterjungfer spielen muß. Wozu? Sie begreift es nicht und klagt den Himmel und das Geschick an; ich denke, man hat einen Dämpfer für diese üppige Wasserorgel nötig gefunden. Den Onkel ehrt sie, weiß ihn aber nicht zu schätzen, der Tante wendet sie eine zornige Liebe zu, da sie das verwandte Element fühlt und vor Ungeduld überschäumt, es so beengt zu sehen; dabei hat sie eine Regung von Empfindsamkeit, liebt den Wald und schält alle Bäume, um ihre Klagen darauf auszuhauchen. Mir ist eine dergleichen formlose Ergießung neulich zu Händen gekommen, wo in sechszehn Zeilen dreimal »Sehnsucht«, zweimal »unverstanden« und viermal »der Friede« vorkam. Sophie ist ihr fast fatal, und Everwin, den sie »unsre Mamsell« oder Langewin (lang, schmal) oder Gradewein nennt, der ewige unfreiwillige Tröster ihrer Langenweile; sie gibt ihm Salz mit auf die Jagd, macht, daß seine Leintücher eingeschlagen werden, so daß er nachts wie in einem kurzen Sacke steckt, oder nimmt seine Dohnen aus und hängt Maulwürfe oder schwarze Hadern hinein, was ihm allemal wirklich nahgeht und empfindlicher ist als die schlaflose Nacht. Da ihm zur Revanche Geschick und Kühnheit fehlen, ist's ein einseitiger Spaß, der in Everwins Herzen allmählich einen Sauerteig von verkniffener Schadenfreude ansetzt: ich sehe allemal etwas wie einen falschen Sonnenstrahl über sein Gesicht zucken, wenn sie mit ihrer halbbewußten Koketterie bei einem Kameraden abfährt oder Karo, nach einem Wasserbade, sich zunächst bei ihr abschüttelt, und ich habe ihn in Verdacht, ihn vorzugsweise auf ihrer Seite apportieren zu lassen. Dem Wilhelm scheint sie gewogener, nennt ihn einen gebildeten, jungen Mann, und es kommt mir vor, als ob sie seinetwegen zuweilen ein Schleifchen mehr ansteckte, was er leider nicht zu bemerken scheint. Ich glaube überhaupt, daß zwei Drittel ihrer Seufzer dem Verkanntsein gelten; ist's z.B. nicht hart, daß sie, die Französisch spricht wie Deutsch und den Gellert zitieren kann, hier noch Rechnenstunde nehmen muß bei einem invaliden Unteroffizier, der am Ausgange des Parks wohnt? Wäre seine fuchsige Perücke nicht und sein schönes Französisch, in dem er sich nach ihrem »ton pêre« erkundigt, sie führe aus ihrer Sammethaut nun aber hat sie an ihm wenigstens einen Souffre-douleur, ein schlechtes Äpfelchen gegen den Durst, und mag ihm Zeug sagen und tun, daß der Onkel den Kopf schüttelt und doch lachen muß. Es ist unerquicklich, hier jemanden zu sehen, der die Landesweise nicht aufzufassen versteht, der Spott ärgert einen, und doch wird man sich dadurch des Entbehrten bewußt und fühlt die Einförmigkeit wie einen schläfernden Hauch an sich streifen.

Ich bemerke eben, daß ich den Fehler habe, mich in Stimmungen hinein- und hinauszuschreiben, so hat mich der Paragraph Anna fast rebellisch gemacht gegen das Haus meines guten Vetters, den ich mir, als einen Bissen pour la bonne bouche, in diesem Abschnitt zuletzt aufgehoben habe. Gott segne ihn alle Stunden seines Lebens; ein Unglück kann ihn nur zur Läuterung treffen, verdient hat er es nie und nimmer. Ich halte es für unmöglich, diesen Mann nicht liebzuhaben; seine Schwächen selbst sind liebenswürdig. Denkt euch einen großen stattlichen Mann, gegen dessen breite Schultern und Brust fast weibliche Hände und der kleinste Fuß seltsam abstechen, ferner eine sehr hohe, freie Stirn, überaus lichte Augen, eine starke Adlernase und darunter Mund und Kinn eines Kindes, die weißeste Haut, die je ein Männergesicht entstellte, und der ganze Kopf voll Kinderlöckchen, aber grauen, und das Ganze von einem Strome von Milde und gutem Glauben überwallt, daß es schon einen Viertelschelm reizen müßte, ihn zu betrügen, und doch einem doppelten es fast unmöglich macht; gar adlig sieht der Herr dabei aus, gnädig und lehnsherrlich, trotz seines grauen Landrocks, von dem er sich selten trennt, und hat Mut für drei: ich habe ihn bei einem Spaziergange, wo man auf verbotene Wege geraten war, fast fünf Minuten lang einen wütenden Stier mit seinem Bambusrohr parieren sehen, bis alle sich hinter Wall und Graben gesichert hatten, und da sah, wie Wilhelm sagt, der mit seinem Spazierstöckchen zur Hülfe herbeirannte, was er vermochte, der Herr aus wie ein Leonidas bei Thermopilae; er ist ein leidenschaftlicher Zeitungsleser und Geschichtsfreund und liebt das gedruckte Blutvergießen Eugen und Marlborough sind Namen, die seine Augen wie Laternen leuchten lassen; dennoch bin ich zweifelhaft, ob im vorkommenden Falle der Herr den Feind tapferlich erschlagen oder sich lieber selbst gefangengeben würde, um keinen Mord auf seine Seele zu laden. Von Räubern und Mordbrennern träumt er gern, und wenn die Hofhunde nachts ungewöhnlich anschlagen und gegen irgendeinen dunkeln Winkel vor- und rückwärts fahren, hat man ihn wohl schon unbegleitet im Schlafrock mit blankem Degen in das verdächtige Verlies dringen sehen, mit wahrhaft acharnierter Wut, den Schelm zu packen und einzuspunden, den er dann freilich am andern Morgen hätte laufen lassen. Den Verstand des Herrn habe ich anfangs zu gering angeschlagen, er hat sein reichliches Anteil an der stillnährenden Poesie dieses Landes, der den Mangel an eigentlichem Geiste fast ersetzt, dabei ein klares Judizium und jenes haarfeine Ahnen des Verdächtigen, was aus eigner Reinheit entspringt: sein erstes Urteil ist immer überraschend richtig, sein zweites schon bedeutend vom Mantel der christlichen Liebe verdunkelt, und wer ihn heute als erklärter Filou anschauert, ist morgen vielleicht ein gewandter Mann, den man etwas weniger schlau wünschen möchte. Der Herr liest viel, täglich mehre Stunden, und immer Belehrendes, Sprachliches, Geschichtliches, zur Abwechselung Reisebeschreibungen, wo seine naive Phantasie immer den Autor überflügelt und er heimlich auf jedem Blatte ein neues Eldorado oder die Entdeckung des Paradiesgartens erwartet überhaupt kommt mir diese Familie vor wie die Scholastiker des Mittelalters mit ihrem rastlosen, gründlichen Fleiße und bodenlosen Dämmerungen. Alles bildet an sich und lernt zu bis in die grauen Haare hinein, und alles glaubt an Hexen, Gespenster und den Ewigen Juden. Ich habe schon gesagt, wie stark die Musik hier getrieben wird; die Anregung geht zumeist von der gnädigen Frau aus, die gern aus den Leuten alles holen möchte, was irgend darin steckt, das Talent aber vom Herrn, und es ist nichts lieblicher, als ihn abends in der Dämmerung auf dem Klaviere phantasieren zu hören: ein wahres adliges Idyll, denn eine gewisse Grandezza fährt immer in diese unschuldige, reizende Musik hinein und Stöße ritterlicher Courage in Marschtempo es wird mir nie zu lang zuzuhören, und allerlei Bilder steigen in mir auf aus Thomsons »Jahreszeiten«, aus den Kreuzzügen. Sonst hat der Herr noch viele Liebhabereien, alle von der kindlichsten Originalität, zuerst eine lebende Ornithologie (denn der Herr greift alles wissenschaftlich an); neben seiner Studierstube ist ein Zimmer mit fußhohem Sand und grünen Tannenbäumchen, die von Zeit zu Zeit erneuert werden. Die immer offenen Fenster sind mit Draht verwahrt, und darin piept und schwirrt das ganze Sängervolk des Landes, von jeder Art ein Exemplar, von der Nachtigall bis zur Meise; es ist dem Herrn eine Sache von Wichtigkeit, die Reihe vollständig zu erhalten: der Tod eines Hänflings ist ihm wie der Verlust eines Blattes aus einem naturhistorischen Werke. Er hat ein wahres Spionieren nach jedem seltenen Durchzügler: früh um fünf sehe ich ihn schon über die Brücken schreiten nach seinen Weidenklippen und Leimstangen, und wieder in der brennenden Mittagshitze, sieben- bis achtmal in einem Tage; möchte ich ihm zuweilen die Mühe abnehmen und verspreche, die Klippe wohlgeschlossen zu lassen oder den Vogel mitsamt der Leimstange in mein Schnupftuch gewickelt fein sauber herzutragen, so gibt er mir wohl nach, um mir keine Schmach anzutun, aber er trabt nebenher, und es ist, als ob er meinte, meine profane Gegenwart allein könne schon den erwischten Vogel echappieren machen. Dann ist der Herr ein gründlicher Botanikus und hat manche schöne Tulpe und Schwertlilie in seinem Garten; das ist ihm aber nicht genug, seine reiche, innere Poesie verlangt nach dem Wunderbaren, Unerhörten er möchte gern eine Art unschuldigen Hexenmeister spielen und ist auf die seltsamsten Einfälle geraten, die sich mitunter glücklich genug bewähren und für die Wissenschaft nicht ohne Wert sein möchten: so trägt er mit einem feinen Sammetbürstchen den Blumenstaub sauber von der blauen Lilie zu der gelben, von der braunen zur rötlichen, und die hieraus entspringenden Spielarten sind sein höchster Stolz, die er mit einem wahren Prometheus-Ansehen zeigt; die wilden Blumen, seine geliebten Landsleute, deren Verkanntsein er bejammert, pflegt er nach allen Verschiedenheiten in netten Beetchen, wie Reihen kleiner Grenadiere. Manchen Schweißtropfen hat der gute Herr vergossen, wenn er mit seinem kleinen Spaten halbe Tage lang nach einer seltenen Orchis suchte, und manches in seiner Domäne ist ihm dabei sichtbar geworden, was er sonst nie weder gesucht noch gefunden hätte; darum lieben die Bauern auch nichts weniger als des Herrn botanische Exkursionen, bei denen er immer heimlich auf Unerhörtes hofft, z.B. ein scharlachrotes Vergißmeinnicht oder blaues Maßliebchen, obwohl er als ein verständiger Mann dies nicht eigentlich glaubt, aber man kann nicht wissen! Die Natur ist wunderbar! Nichts zeigt die reiche, kindlich frische Phantasie des Herrn deutlicher als sein schon oft genanntes Liber mirabilis, eine mühsam zusammengetragene Sammlung alter prophetischer Träume und Gesichte, von denen dieses Land wie mit einem Flor überzogen ist: fast der zehnte Mann ist hier ein Prophet ein Vorkieker (Vorschauer, wie man es nennt); wie ich fürchte, einer oder der andre dem Herrn zulieb. Seltsam ist's, daß diese Menschen alle eine körperliche Ähnlichkeit haben: ein lichtblaues, geisterhaftes Auge, was fast ängstlich zu ertragen ist; ich meine, so müsse Swedenborg ausgesehen haben; sonst sind sie einfach, häufig beschränkt, des Betrugs unfähig, in keiner Weise von andern Bauern unterschieden; ich habe mit manchen von ihnen geredet, und sie gaben mir verständigen Bescheid über Wirtschaft und Witterung, aber sobald meine Fragen übers Alltägliche hinausgingen, waren sie ihnen unverständlich, und doch verraten manche dieser sogenannten Prophezeiungen und Gesichte eine großartige Einbildungskraft, streifen an die Allegorie und gehen überall weit über das Gewöhnliche, so daß ich gezwungen bin, eine momentane geistige Steigerung anzunehmen wie Mesmer sie jetzt in seiner neuen Theorie aufstellt. Der Vetter nun hat alle diese in der Tat merkwürdigen Träumereien gesammelt und teils aus scholastischem Triebe, teils um sie für alle Zeiten verständlich zu erhalten, in sehr fließendes Latein übersetzt und sauber in einer buchförmigen Kapsel verwahrt, und »Liber mirabilis« steht breit auf dem Rücken mit goldenen Lettern; dies ist sein Schatz und Orakel, bei dem er anfrägt, wenn es in den Welthändeln konfus aussieht, und was nicht damit übereinstimmt, wird vorläufig mit Kopfschütteln abgefertigt. Guter Vetter, du hast mir deinen Schatz anvertraut, obwohl ich weiß, daß du lieber ein Mal auf deinem Gesicht als einen Flecken auf den Blättern erträgst; da liegt er, rot, golden und stattlich wie ein englischer Stabsoffizier, und ich sitze hier wie ein schlechter Spion und nehme eine geheime Karte von deiner Person. Gute Nacht! würde ich sagen, aber du hast immer gute Nächte, denn du bist gesund und reinen Herzens; ich muß früh auf wir haben sieben Meisenkästen abzusuchen.

Drittes Kapitel

Der Morgen war so schön! Nachtigallen rechts und links antworteten sich so schmetternd aus dem blühenden Gesträuch und Hagen, daß ich um fünf Uhr im engsten Sinne des Wortes davon geweckt worden bin und es mir unmöglich war, wieder einzuschlafen; so habe ich denn bis zum Frühstück mich in den Anlagen umhergetrieben und die erste Blüte an des Herrn neuster Iris mit meinem profanen Auge eher erblickt als der gute Prometheus selbst. Es war in diesen Tagen viel Rede und Erwartung wegen dieser Blume aus des Herrn Fabrik, die mir nur etwas tiefer blau scheint als die gewöhnliche Schwertlilie ich denke aber, er wird sie »atropurpurea« oder »mirabilissima« taufen; jedenfalls sah die Blume in ihrem Tauperlenschleier reizend genug aus, und überall hatten die Anlagen in ihrem jungen, von der Sonne vergoldeten Grün, ihrem Tau und Blütenstaat eine solche beauté du diable, daß ich glaubte, nie etwas Lieblicheres gesehen zu haben. Der feuchte Boden ist dem Blumenwuchs und den Singvögeln so zuträglich, daß man in der schönen Jahreszeit von Düften, Farbe und Gesang berauscht vergißt, daß alles fehlt, was man sonst von schöner Gegend zu fordern pflegt Gebirg, Strom, Felsen. Ich muß der Seltsamkeit wegen anmerken, daß mir ganz poetisch zumute ward und ich mich beinah auf den nassen Rasen gesetzt hätte, wirklich mich auf eine Bank hingoß und, sehr dazu gestimmt, ein paar Gedichte von Wilhelm hervorzog, die Fräulein Anna mir gestern abend mit verschmitztem Lächeln und ein wenig Erröten zugesteckt hatte. Irre ich nicht, so ruhen ihre dunkeln Augen zuweilen mit einer Teilnahme auf dem jungen Dichter, wie Langeweile und etwas Empfindsamkeit sie leicht auf dem Lande erzeugen. Der schüchterne Junge scheint indessen nichts hiervon zu ahnen, und ich bin ungewiß, ob eine etwaige Entdeckung dem Fräulein zum Schaden oder Vorteil gereichen würde, da seine blauen, jungfräulichen Augen ganz anderes zu suchen scheinen als so rheinisches Blut. Also ein Dichter ist der Wilhelm! Ich hätte es mir denken können nach seinen verklärten Blicken, wenn wir am Weiher stehen, und die Schwäne durch den glitzernden Sonnenspiegel segeln, wo er dann wirklich schön aussieht, die übrige Zeit aber unbehülflich und verschüchtert, wie es einem jungen Schreiber zukömmt, den die Güte des Herrn höchst überflüssig seinem Onkel zugesellt hat, nur um das arme Blut in freie Kost und Wohnung zu bringen. Die Verse sind auf schlechtes Konzeptpapier geschrieben, häufig durchstrichen und gewiß nicht für das Auge des Fräuleins bestimmt; das eine schien sie mir mit einiger Ziererei vorenthalten zu wollen dieses wird zuerst gelesen:

(Hier folgt »Das Mädchen am Bache«.)

Ei, ei, Wilhelmus, was sind das für gefährliche Gedanken, paßt sich dergleichen für einen armen Studenten, der erst in zehn Jahren *vielleicht* lieben darf? Nun zum zweiten:

(»Der Knabe im Rohr«.)

Der junge Mensch hat wirklich Talent, und in einer günstigern Umgebung... doch nein bleib in deiner Heide, laß deine Phantasie ihre Fasern tief in deine Weiher senken und wie eine geheimnisvolle Wasserlilie darüber schaukeln, sei ein Ganzes, ob nur ein Traum, ein halbverstandenes Märchen es ist immer mehr wert als die nüchterne Frucht vom Baum der Erkenntnis. Beim Heimzuge fand ich seinen Onkel, den Rentmeister Friese, in Hemdärmeln am Brunnen vor dem Nebengebäude, eifrig bemüht, seine Stubenfenster mit Hülfe eines Strohwisches und endloser Wassergüsse zu säubern; seine Glatze glänzte wie frischer Speck, und ich hörte ihn schon auf dreißig Schritt stöhnen wie ein dämpfiges Pferd. Er sah mich nicht, und so konnte ich den wunderlichen Mann mit Muße in seinem Negligé betrachten, das an allen Stellen, die der Rock sonst in Verborgenheit bringt, mit den vielfarbigsten Lappen verziert war und ihm das Ansehen einer Musterkarte gab; es ist mir selten ein harpagonähnlicheres Gesicht vorgekommen! Spitz wie ein Schermesser, mit Lippen wie Zwirnfäden, die fast immer geschlossen sind, als fürchteten sie, etwas Brauchbares entwischen zu lassen, und nur, wenn er gereizt wird, Witzfunken sprühen wie ein Kater, den man gegen den Strich streichelt. Dennoch ist Friese ein redlicher Mann, dem jeder Groschen aus seines Herrn Tasche wie ein Blutstropfen vom Herzen fällt, aber ein Spekulant sondergleichen, der mit allem, was als unbrauchbar verdammt ist: Lumpen, Knochen, verlöschten Kohlen, rostigen Nägeln, den weißen Blättern an verworfenen Briefen, Handel treibt und sich im Verlauf von dreißig Jahren ein hübsches, rundes Sümmchen aus dem Kehricht gewühlt haben soll. Seine Kammer ist niemanden zugänglich als seinen Handelsfreunden und dem Wilhelm; er fegt sie selber, macht sein Bett selber, die reine Wäsche muß ihm ans Türschloß gehängt werden. Nitimur in vetitum, ich wagte einen Sturm, nahte mich höflich und bat um ein paar geschnittene Federn, er wurde doch blutrot und zog sich wie ein Krebs der Tür zu, um seine Hinterseite zu verbergen, ich ihm nach und ließ ihm nur so weit den Vortritt, daß ihm gelingen konnte, in seinen grauen Flaus zu fahren, dann stand ich vor ihm, er sah mich an mit einem Blick des Entsetzens, wie weiland der Hohepriester ihn auf den Tempelschänder, der ins Allerheiligste drang, mag geschleudert haben, deckte hastig eine baumwollene Schlafmütze über ein Etwas in der babylonischen Verwirrung seines Tisches, suchte nach einem Federbunde, dann, in verdrießlicher Eile, nach einem Federmesser es war nicht da er mußte sich entschließen, in einen Alkoven zu treten, ich warf schnell meine Augen umher das ganze, weite Zimmer war wie mit Maulwurfshügeln bedeckt, durch die ein Labyrinth von Pfaden führte, saubere Knöchelchen für die Drechsler, Lumpen für die Papiermühle, altes Eisen, auf dem Tische leere Nadelbriefe, schon zur Hälfte wieder gefüllt mit Stecknadeln, denen man es ansah, daß sie gradegebogen und neu angeschliffen wurden; ich hörte ihn einen Schrank öffnen und hob leise den Zipfel der blauen Mütze, beschriebene Hefte in den verschiedensten Formaten, offenbar Memoiren: »Heute hat der lutherische Herr wieder eine ganze Flasche Franzwein getrunken, das Faß à 48 Taler ist fast leer.« Ich stand steif wie eine Schildwacht, denn Herr Friese trat herein, und machte mich dann bald davon, so triumphierend wie ein begossener Hund, guter Vetter, wird dir deine Freundlichkeit so schändlich kontrolliert! Ich habe den Friese nie leiden können, obendrein, ist er ein alter Narr, der sich von der Zofe Katharina, einem schlauen, lustigen Mädchen und der gnädigen Frau Liebling, aufs albernste hänseln läßt. Diese junge Rheinländerin stiftet überhaupt einen greulichen Brand im Schlosse: drei westfälische Herzen seufzen ihretwegen wie Öfen; zuerst des Herrn geliebter Johann (von ihm nur Jan Fiedel genannt), der mit ihm eigens zu seinem Kammerdiener erzogen worden ist, recht artig die Geige mit dem Herrn Everwin streicht und in seinen graumelierten, mit Talg glattgestrichenen Haarresten, die in einem ausgemergelten Zöpfchen enden, einem geschundenen Hasen gleicht, dann ein paderbornischer Schlingel, derselbe, der mich zuerst am Wagen begrüßte, ein nichtsnutziger Bursch, der sich durch tausend Foppereien an seinen Gesellen für die Langeweile, die sie ihm machen, schadlos hält. Den Herrn beschwätzt er zu allem, wie er will, und ist ihm erst vor kurzem etwas fatal geworden, seit er der Köchin, einer armen, gichtischen Person, drei bunte Seidenfäden als sympathetisches Mittel gab mit dem Zusatze, es wirke nur, wenn sie täglich einen Korb voll Holz vor des Herrn Zimmer trage (bis dahin sein Amt). Der Spaß kam aus, und der Herr war sehr ungehalten über diese Grausamkeit seines Johanns; doch meine ich, daß er ihn seitdem auch sonst mit mißtrauischen Blicken betrachtet, »denn«, wie der Herr sagt, »dergleichen Dinge sind nicht ganz zu leugnen, man trifft im Paderbörnischen seltsame Beispiele an [...«]